空閑風景

齋藤恵美子

思潮社

空閑風景

齋藤恵美子

思潮社

空閑風景　目次

写真＝ひさの
装幀＝思潮社装幀室

空閑風景

不眠と鉄塔

夜の指は
地上の無数のエレメントを数えるために存在する
文字盤から、時間の音とは別の鼓動で脈打つような
微音がある。蛍光色で
加速される秒針という永遠の、一歩一歩がもはや痛苦
まならに、リングノートの
青い錯綜を思いながら……擦過……擦過……雪も聴こえ
眠りの、いよいよ埒外へ——
私は、生地を探していた……ミッシュメタル。否
虹色のモンタージュが露光された、痛点のない眠りの外で

熱砂と爆風に砕かれながら
離散する……離散される……土地の名前
人の名前。目視できない海の音から夢想されたメサイアが
建築のかたちで空へ、倍音をひびかす夜に
あるいは、わたくしの融点に
フェライト、灼熱、オーステナイト、崩れて結晶粒界へ！
おまえは、おまえが生まれた場所から
もっとも遠い一点に、声だけで立つ
神々と、星の名をもつ金属を、地中の元素を数えながら……
擦過……擦過……雨も聴こえ、ひかりを放つ電波塔
沈黙だけで繋がりあった共同体の模像の中で
海と天体、二つの仮象の背反をこそ唄うために
打刻される。朝焼け、ヒバリ
ひかりを弾く電波塔——生地が、新しい廃墟として
眠りの中へ戻ってくる

コンケラー・レイド

モノローグに入り込んで、戻ってこない君の声を、声の背後をゆれる文字を、どの視線でひもとこう。

臨海鉄道本牧線の、残映のような線路から、なぜ追想が、はじまるのか、木洩れ日だったか……入り口があり、「生まれた場所に、故郷がない。東京生まれの実感です……」

必然みたいにそこに居て、育って、日々に、飼い馴らされて、「電波塔が、いつでも見えた。自販機ばかりが光っていた」

歯むかう風に感じるほどの抵抗感さえ覚えずに、建設工具ウルマの前で、あの夜、分岐した隙間があった。素早い忘却に耐えうるような、映像ではなかったはずの、淡彩電車。もう空からの、南をはらんだ飛翔もなく、かたちだって雲になかった。事後だけに咲くノウゼンカズラ。明け方、柔らかく濡れだす土。サークルライトの青い彩度を、両目は、うっすらと覚えていて、更地に羽音がひくく響いて、遠いバラックも、丘に見た……。

二人で、草色の私鉄に乗り、水滴のようなオブジェを観て、瞼にのこる琥珀の雫とガラスの残像を消しあって、それから、知らない坂をくだり、ライトに睥睨されたまま、誰にも、追い着こうとしなかった。

「川にも、坂にも、名前があった」

星が、生き物として刻まれた、小さな未完のリトグラフ。内的な雲。その頂点に、ひとりの立体としてさわること。空も、君も、地上を分かつ、二つの来歴を持っていて、雲が、君の内部なら、君は、空の外ではない……コップの中の、陽射しのかけらを、薄い唇で知覚して、どこに、天体があるのだろう、凹凸からも、返事はなく、建築のまま影が崩れて、「地中に深く、骨だけがある……」

海辺の流失。曖昧な壺。その不随意の光をよぎり、読まれるだけの浅い文字の、かたちが、目のなかで崩れない。

巨視的なロードマップに、触れまいとして手繰る画像の、もう一度、針のような尖端に似た盲点の、白に眩んで、すでに、昨日の、表象でしかない君の声が、仄暗い透き間にうまれ、散らされたまま消え去った。わだかまった鳥の影を、何度も川へふるい落とし、遠すぎる雲を仰いで陽射しを点綴するだけの、青い楓。ジャンクションから、灯りのように乗り継がれ、洗浄された車体が街で、魯鈍な往復を縫ってゆく。朝霧が立ち、何か、とても、二人に大切なひとつの音が、丘の向こうのはかない土と、あのとき、すみやかに交わった。「そう思う、思うしかない、きょうも、空白を生きています……」

実在しない齧歯類の、亜種のイラストを添えながら、コンケラー・レイドの白へ、ブルーの筆蹟を流し込み、「青墨」というボトルインクの、底にも眩しい街はひかり、語り尽くせぬ海との絆を確かめるためのペン先が、日暮れの筆圧を通過して、かろうじて、また夜を出る。揺れない起伏。「記憶だけでは、もう、存在と呼べないの？」二つの山肌に照らされた、君の清潔な立体に、知覚の筋道をふさがれて、光の双方に立っていた……。

「まだ山小屋です。最初の霧です」いつか、記憶から醒めたとき、君はまた、あの書き文字で、白紙へ、故郷を綴るだろうか……。

朝、太陽の方角から、手紙はいつもわたしの中の、小さな気持ちの空洞を、揺さぶるように届けられ、灰へと渡された日月を、目覚めたとたん閉じる瞼を、感じとられた指の甘さで、やさしく、この世へとひらくので……星座の焦点。書翰箋の、最後の一行を読みながら、「ジャラータ」、と声に出して、心に青く、月を思う。

手紙には、二人で撮った、川の写真が挟んであって、君は、そこに、光ではない、別の流れを見たのだと思う。寄り添って立つわたしは、けれども、その川の名を聞けないのだ。

蒸溜癖

海を、はじまりの一滴まで、湙えるように思いつめて
——岩浜にいた。仰角で見る。荒布《あらめ》が、三脚を拒んでいた

旅に出るのが怖ろしい。いつからか、そう思った
断面を剝き、寒風に折れ、朽ち果てているトベラの木
何から離れるのを恐怖したのか——みずくさを摘む、朝のゆび

抽象的な青のなかに、具体的な青が揺らぎ、気配が
水中で反転し、その波跡に、在ることを許される
宇宙の終わり、すべてが、ひとつの虚点へ、ふたたびなだれるように

薄ずみいろの傾斜を滑る。そうせよ、とただ望まれて——

すがすがしい間隔で、市有緑地を照らす窓
船影もない磯公園に、白銀のシートはなびき
いちども、崩れない星座のかたち——サーモスのマグを傾ける
ほんとうは、どの海面も、宙《そら》へ、柔らかく傾いて
硫黄の匂い。砕かれる山。淋しいピッケルの音のこと

ピスタチオの殻の闇へも粉雪の散る三月の
君は、七つもポケットのあるカーキ色のモンベルの、登山ベストの
メッシュに透けるアーミーナイフを押しつけて
(傷だと思ってふれた痛みは、肉ではなかった、熱だけが擦れ)

どの指先も、徹底的に自由にしてやる。笑っていた
つらい日付に、人間ではなく、植物の輪郭でふれながら——

放擲された木製ベンチの、隅から眺めたあの海だけが
国境のない水面だけが、いまも、海として信じられた
サルフェートの匂う唇。肩越しに見た鳶の声
そんな虚無から、許しあった、蒸溜された記憶のなかで
旅への怖れ――ただそれだけが、歩行を光へと集めていった

符牒

夜空へ、空白を打ち上げるようにして
しろい花火が、いくつもひらく
ひっそりとした音が、鼓膜を、顫わせながら流れ込み
かつての色彩をいとしむように、灰が、まぶたに積もっていった
季節を、すこしも喚起させずに、夏をやり過ごす白壁の
海側に建つ高層階の、部屋の窓辺にも、影は散り
生きられないまま、永劫に、増殖してゆく日付の中へ
白い頁へ、ねじ伏せられた、あなたの晩年がいとおしい
またたきによって透過され、滅色を待つ八月の
ひとりぶんの空の下、残響のような影を曳き

想い起こしてもらうためには、ほんのわずかな、風景でこと足りた
見えない橋のような高さが、うっすらと、そこへ掛かり
あからさまに光、だから、明暗だけが、水に在るから
真夜中、フェンスでひらき損ねた、つぼみと等量の寂寞を
誰かが、痛みが生まれる前の、右手で、この世から摘み採った
たったひとつの符牒のために
塗りつぶされた生涯を、記す日記が、部屋のどこかで
まぶしい晩年を生きなおし、二人で記憶に耽っていると
背後の、それぞれの断崖を、ひっそりと
わたしの正午を、追いつめてゆく日付がある
ガラスを濡れて、花火の影が、夜明けを、散りながら遠ざかり
残映よりもはかない指で、忘却のための楔が打たれ
銃声はまだ、聞こえていない
はじめてずらされる布の音
遠く、日没の窓を透けて、しずかに霧雨を待っていた

モノロギア

声に出せば、唇へも、耳の奥へもよく馴染む、たった一つの確かな地名を、確かな土を持てずにいた。モノロギア――わたしが、わたしへ、体温よりも脆い吐息で、〝流星体〟と呼びかけるとき、水際を射る陽のひかり。音によって運び込まれる映像への盲信から、出立の記憶をはばむ、ひとつの緘黙へいたるとき、風跡までが、透きとおった彷徨体のまばゆさで、行く手をひらき、瓦解をのがれた駅舎の名前が聞こえてくる。

静寂《ヘシュキア》の地――ラハスの丘。知らない起伏に誘われかけて
内省された巣穴の奥の、どの翅よりも自由になって

暁を呼ぶけものの声に内側から囁かれ、支流を辿り、水際線《すいさいせん》のステラリウムを抜けながら、〝脈石〟という言葉がしきりに、羽音とともに思い出された。金雲母だの石英だのが、陽射しに静かに拒まれて、みずからの地層とともにほころびては朽ちる場所。もうどの声も響いていない、風が晒すだけの土地で、わたしたちは、互いの記憶を、恐るおそる交わし合い

プネウマの鼓動をつれて、甦ってくる沼影の
忘却された起源を底に、映そうとする水面が、昏みに揺れて
わたしはそれを、黙視のなかで追いながら

身を撫でてゆくどの風よりも、ひかりに夢中になっていた。嗚動があり、潮沼を背に、たった一つの棲み処へ向けて、巻層雲に散乱された翼が、羽音をたてていた。夜、風景と闘いながら、画布に重ねる〝点《スイミオ》〟のように、白い脳裡に声を打ちつつ塗り込めてゆく海景の、その埒内で、息をまさぐる、押しころした指があり——

透きとおっていつしか土も、水面《みなも》のように誘ってくる
地表を割って、粘土層から砂礫層へと流れをひらく、波線のような
水の彼方で、カマツカの木を揺するとき

磯が滅んだあとでもなお、光り続ける〝流星痕〟。瞼に宿る粒子はけれども、
すでにこの世の輝度ではなく、遙かな空漠と繋がりながら、どの星からも、独
りだった。魂に似た、威嚇のような太陽の緋に照らされて――誘《いざな》う背中は、
岩場へわたしを素通りさせる影を曳き、亡き人とする対話はすべて、儚い独語
にすぎないと、断崖とは、たった独りで立たねばならぬ場処のことだと

祈りさえも、おのれへ向かって眩しく反響するだけの
積岩《ラハス》の地――その視野を耐え、光点のないくらがりで

モノロギア――取り残されたわたしと、死者と天象だけが、存在しあう遠い
淵から、水際を射る陽のひかり。羽音ではなく、黙視によって水辺を背後へ呼
び入れながら、二分された土壌の、むしろ明るみよりも昏みの方へ、〝脈石〟

は散り、駅舎に紛れてもはや街とは呼べない丘の、ステラリウムの、空の密度に一度も精神を触れぬまま、打ち上げられた岸へも土へもどの巣穴へも身を収めずに、そこだけ熱い眼窩を晒して、地中の瞑目を見据えていた。

鈴

名前の影から離れなさい
知らない母国語で呼ばれていた
自分のなかの濁音を、わたしへ、吐き捨てるようにして
名前はしずかに、わたしではなく、影のほうへついて行った

記憶にひとたび草が入ると、遠のいてゆく人声の
顫えが、空洞を鳴らすたび、暴かれてゆく泉があった
地に垂直に、生まれ続ける水を、両手で包むように、授かりながら
湧きだす影に、惑乱のように呑まれること
明かされる土。まだ感情を、岩南天の繁みへ残し

けっして水には映らぬ音の、輪郭へ身をひらくとき
鼓膜を素通りさせているのに、蹄《ひづめ》のような挑発を
木柵越しに覗かせながら、けものの名前が呼ばれていた
その咆哮の奥にはいつも、始まりの傾斜があって
呼ばれるたびに、生まれ落ちて、知らない音膜へもぐり込み――

動き。あるいは動きを濡れて、離れる唇のようなもの
そこへ、わたしが充ちわたるよう、絆のかわりに木蔦を引くと
見つめれば、見つめたぶんだけ、背丈を伸ばすユーカリを
最初に揺らした朝の音符が、きのうの音源で奏でられ
（名前よりも、わたしへ食い込む音が、この世にあるだろうか――）
密かな呼び声を洩らすための、響きが、土壁を打ってゆく

一つの生涯と呼べる鈴の、反復をただ聴きながら、風景をささえる音は
わたしを、否むほど賑わしく

名前からも、咆哮からも、汚れて、遠い鈴の痕を
この唇と舌で背負って、ほんとうの土が呼ばれるのだ

巻き貝

翻って、沖合の旗。日没まぢかな海原へ出て
あの世へ、種を、播くように
散らされる灰。浮き島も見え
この風景に、もう一度だけ、居たいとおもう。まだうっすらと
空に懸かったきのうの月の
消滅の跡。岩蔭に立ち、白い螺旋のゆくえを追って
巻き貝。シャッターで切り落とす

原当麻から、また乗り込んで、押し寄せてくる左右の土手の
葉むらを潜って社家を過ぎ、単線軌道

山裾がみえ、門沢橋ではもう辿れない、起伏を
なだらかな稜線を、まぼろし、として崩れたあとの
幽かな距離として目に残し——

いつか眺めた、青い車窓へ、燦々と朝、射し込むものが
光だけではないことに、気息の気配に
やがて気づき、けれども浴びずに
影より脆い生命を、樹と呼び換えて、これから、私を晦《くら》ますはずの
弔いの日の海原の、その先にある夜も忘れて
林を、瞳《レンズ》で浚えていった

そのあと、という時間をおそらく
すべての一枚は欠いていて——写真は点《スイミオ》だ
瞬刻、すなわち分割できない時間の粒を、三次元の否定として
表面として凝結する。未来への風穴も、過去への通路も、そこにはなく
針のうえを進むような、現在という一点が

眼球という点《スイミオ》によって、暴力的に覗かれるのだ

無人駅で、どの時間へも、どの空間へも還流しない
世界に対して、完全に、空白であるような一点を
思いながら、車窓に呑まれて、倉見、寒川
香川を過ぎて、終着は海。太陽へ、もう一つの目をひらくとき

いまにも、砂を飛び立ちそうに、翼を張りつめた一羽にも
静かに種をはらみ続ける、原初の土にも、気づけぬまま――
おまえは、構図から逃れたい
風景のふちから溢れたい
三秒前の、巻き貝を揺り起こし、私も
泥土から生まれてきた

*

古層音

遮断機は下り
草を揺らして埠頭へ向かう単機列車の
一輛だけの青い通過が
雨ざらしの音を立てて――

線路《レエル》　現実《レエル》？　水の手前で断ち切られたひかる鋼《はがね》
貨物線の廃線跡から、米軍地区の資材倉庫へ戻りかけて、やはり行く手に
潮を感じてきびすを返し

　古層音、と言うんでしょうか

残響だけの名前が空に、ミ・ズ・ホ・エ・キ、と紛れ込んで
　まだ聴覚と、触れ合えぬまま

来世という希望に少しも信憑をおかない花火師に
発煙もなくちりばめられた　瞬刻だけの星座のように
名前は呼ばれ　逃せばたちまち
像をほどいてしまう駅舎を
駅舎の中を素通りさせた　百年前の西風を

たぐり寄せて、波も知らずに、名前とともに陸棲として
夜を生きた。金網越しに
忘却された列車のための脈絡のない赤錆色の
アーチが見え――鉄橋だった。線路は、完結していなかった
途切れて、宙にほうり出されて、黄土《こうど》へ向かってただひと色に、朽ち果てていた
廃駅。あせび。繋留船のあかりも見え

場所と言うより　時間と呼ぶべき空間なのかもしれないと
枕木も　砂利も踏まずに体感された古層だと
思い至れば　生まれた街には　いつも遠景の海があり

青い水滴の内側から、眺めやった工場街の
プラントの常夜灯が、ゆっくりと光度を増し
管と管の、荒々しい屈曲と、交錯が、あからさまな鋼《はがね》が闇に
臓器のように照らし出され

落花がある。岸壁。上屋《うわや》。荷捌き地を見下ろす駅の、時間と雨滴の交わる土に
ひとつの世界がまぎれ込み、みずからを裂く
雨の向こう　魂の底からはじまる音――
工信号アースの脇の、車輪がなんども揺するあたり
新月へ、真っすぐに、ひらいた花とすれ違い

踏切りぎわの常盤川の土手をのぼって千鳥橋を、百年かけて

赦されながら、渡りつづけた者がある
遮断機は振れ、此処から先は、おそらく水。隠れ水――

音のする土にはいまも、線路を躲したわたしが立って
古層音、と言うんでしょうか
雨ざらしの名前は呼ばれ、知らない水に
もう一度だけ、芯をひらいて触れてみそうな、風音に身を打たせてみそうな
行く手に潮
空を聴き――

臨景

砂へみずからを記憶して
阿頼浜を打つ雨滴の影

闇越えのあと暗渠になだれて水流のまま脈打つ音は
足下に白く堰かれているのは、黄土《こうど》を溢れた湖水だろうか――

極度の土　瞬景　喚《おら》び　貝の坩堝を思うとき
破砕された巌のことを、〈砂〉と呼んではならなかった
雨はいつも、漆黒の、シルエットとして浜を穿ち
透きとおった輪郭を、抜け出るまえの水粒の、ひとつひとつに

歪曲された太古の月が映っていた

その月面に重なるように

青光りする蠱物《まじもの》の月

——C号岸壁《バース》に繋留中のパナマ船籍の冷蔵船、ALMERIA CARRIERの船体へ、レンズを向けてしゃがんでいた。船首側の五トン用のデリックに吊り下げられた、木の荷役台《パレット》には、八段重ねのよく冷やされたカートンが、南の島の太陽光を宿したままの果実が積まれ——曇天だった——風下に居た——そこだけ時間がふるえていた——青果上屋に山積みされた空パレットの前に立つと、酸味と甘みの弾ける匂いが、記憶のようにたちこめて——南半球——青い実だけが量産されるプランテーション——麻縄——汗、汗、散布される異元素の霧——開拓農民——冷蔵船《リーファー》内の船艙へも、甘い呼吸は充満し——

どの画角にも収まり切らない、レンズの知らない海があって

その波音に打たれるうちに

冷えてゆく星

白色矮星――ひかりを手放す星の末路を、進化の果ての太陽を
二度目のエアロゾル層から、俯瞰される荷揚げ場で

妄想しながら拾い上げた、誰の虚ろにあてがう石？
カチリと時間をひらくような、音をたてて、硝子の向こう
無収差のまま眺めた空の、朽ちてゆく色――海景――廃景？
二重写しの臨海道を、用水池に消える雲を
ひかる突起を迎えるための、青い空洞を捜していた――

阿頼浜――最後の砂を侵して
雨滴が、光芒を放つ場所――

旅装の男と喪装の女が、互いの繊維に寄り
添いながら、車窓も眺めず画面の中の青い
草叢を覗き込み――亡友の声、その残響
の中、顫えやまない〈砂〉があって――

土へも草へも顫えは及び、言葉に似た微音
が湧いて、微音の中に、草叢よりも確かな
現実を見ようとして——緑陰列車に揺ら
れるたびに、互いの過去に打ちのめされ、
灌木を分け、土塊《つちくれ》を嗅ぎ、みずからのけだ
ものを胸骨にかくまって——

広角寄りに回し切ったタムロンのレンズリングの
焦点距離を記憶したままコンパレーターに頼る指　レイリー散乱
ひかりが大気を偏光しながら貫くとき、風景からはぐれた空が、真っ青なまま滅びるとき
照り返される〈浮遊粒子〉、その寂寥をこそ撮ろうとした——
透過された港湾都市に堆積された風景を
一枚一枚めくりながら、可視光を逸れ、岸壁《バース》に立つ
海にも空にも支えられた、此処もひとつの臨界なのか——短波長の光がいま
逆しまのレンズの底、肉眼よりも青い角度で弾かれてゆく天空へ

羽音もなく、太陽だけを横断させるサバンナを
乾かしてゆく風の推力
遠ざかる鐘――ドゥエガの樹

緑色の実芭蕉《バナナ》を房ごと、褐色の肩に揺らして
何ヲ信ジテイルノデスカ――〈星〉以外ノ総テノモノヲ
ブルキナファソの女はきょうも、唐人稗《トウジンビエ》を練りあげて
誰ニ祈ッテイルノデスカ――〈星〉以外ノ総テノモノニ

――対岸にあるコンテナ埠頭へ荷揚げされたセーシェルの、凍った魚。マラウイや、ブルンジ産の甘い茶葉――此処には、すべての大陸から、寄港する船があり、私もみずから離れた島を、余所者として愛しながら、境界だけをよすがとして、葉先の、一滴の雨を撮る。球面に映り込んだ艶やかな大陸には、私の起源のような水が、かくまわれているだろう――雨期の草原――ジュラ語でつぶやく女の、肩の抑揚が――

星以外のすべてのものへ捧げられる暁から
ぎりぎりまで視線を退《ひ》けば、私も島も、一点に重なる
貝と摩耗と光跡と、わずかばかりの草を残して
——部屋ノ中ニ月ガ在ルワ——天井を指し女が言う
私たちは岸壁《バース》に出る　ほんとうの月を捜すために
捧げた祈りが呼び声のまま響きやまない天空に——

白色矮星　その星の名を
阿頼浜に似た砂地に立って、旅人として呼び合うだけの
声が聴かれて、硝子をひらき
月に　青青と俯瞰されて
陰画の海を渡っていった

飛翔痕

まなざしも
声も憎悪も届かない堆積層から
酷薄な流れに呑まれ　土も踏まずに浦まで来た
折り返されたみずからの
視線に背中を晒しながら　後戻りできない景色を　生地とも
海とも呼べず――

運河を見る。澱んだ水の、昏いおもてを揺れる青を
引き裂いてゆく羽搏いてゆく、ひと条《すじ》の
飛翔痕。それを、誰の水滴から、覗いている音だろう

明滅があり、小型カメラの
黄閃光の照らす空が、箱のかたちに幽閉された空白として感じられ

わだかまった何本もの舫い綱と
磨滅に歪んだ浮標《ブイ》のかたち。こんなにも
生まれた土から　隔てられた両耳へも
波音は打ち　潮と　排気と
煙霧の混じった粒子状のなま暖かい雨滴の中で　産業道路の
高架下の振幅から逃れるうちに——

恵比須町。工業地帯の、一人の住人も居ない街の
点景として運河を渡る一艘の作業船を
ひと条の、波の行方を
眼差しでまだ追いながら、出田町《でたまち》埠頭の野積み場も、物揚げ場も右手へ流し
この天空を、かつてよぎったすべての鳥の飛翔の跡を
いちどきに見る。水際に立ち

舫い綱をほどく時――

おまえが滅し切るまでの　腐爛の時間を見まいとして　生々しい柩の中へ
投げ込まれた炎がある
すみやかな灰。白木の音。わたくしの雨量もそこに乾き
川の中の日没の　柔らかい筆先を待つだろう
カワノナカノニチボツノ　ヤワラカイフデサキヲマツダロウ

飛翔痕。鳥の時間と向きあうような背中になって
海底線保管所の、鉄柵越しに透ける海を、解体中の河岸倉庫の剝き出された鉄筋を
獣のような先端で、内壁を突くクレーンを
眺めていた。滅びかけた空へも、水へも映りながら――

朽ち舟がある。
地磁気のこもった真空域から湧き出るような
力に打たれ　遠い浦から　雨滴の混じった温い風が　すでに

まぼろしになりかけている恵比須橋と
浮標《ブイ》を濡らし
箱の内側と外側が　青く入れ替わるようにして
空に呑まれ　流れの渦の
底にも　空白が見えてしまう

廃川

きささげの実の、地面にのべつ振るい落とされる音がして
　　この一角にだけ、何故みずみずと
　（雨脚の風）
　　　濡れているのか

歳月でなく意志によって剝き出された河床の、小さな、ひかる溜り水——
——翔《かけ》っている。閑かに星へも、切り通された盛り土《ど》へも

走り抜けた往路がしばらく、カナムグラの繁みを揺らし
　見え隠れする霊屋にいつか、「女人」として拒まれた

籠もり沼。紗に肌の透く大神《おおかみ》たちの不文律
熱い翼の弧線を映す、水面に、そのための青を曳き

弾むんでしょう
このあたり、夜、枝分かれしたばかりの股に
湿った影が生まれ続け
（橄欖石だの、珪石だの）
あの世の気うとい息にまぎれて鎮まっている西空の
乱月へまた火箭をつらぬき、いまは
「凪」と呼ばれよう——

一羽、二羽、翔鳥も消え、傾きかけた水座敷。その「空間」はいま、否定された「時間」のように瞳に見え、川筋の果て、また洩れてくる蒸溜光の翳りのなかに、錯乱の形で藪を、漕ぎわたる者がある
（橄欖石だの、珪石だの）
そのための青、（生《あ》れつづけ——）
奈落を積んで、この世の傾斜に、おのれの軸が定まらない——

暮れない坂。そのまま神ともはぐれて
　岸まで駈けもどり
　　河原に影をあたらしくして末路へひらく唇の
あの温かい「息」を生むのは、あれは、どの身の肺腑でしょうか――
犇めいていた真鯉の姿は、その骸さえ見当たらず
（なだれる尾花）
白い土塀の、窪みへ、聞き耳を立て続け――
　　採っても採っても、採らせまいと、躱そうとする力があって
　　　あなた、それこそ花、なんですよ
　　　　挑むと、余計に晦《くら》ませる、いや、挑んだつもりが蘂に見られて
　　　　　こちらの影まで裂けている――

――風花よりも淡い姿で淵に生《あ》れつぐ水神たちの、濡
れたばかりの気配を汲んで、鎮灰祭を待っていた――
あの神無月、失いそこねた時間の隘路をひりひりと、疼

く跫音。山あいの霧――鳥の燥《はしゃ》ぎを待っていた――
石くれを打ち、奈落をこぼれ、窪地へ一閃の汗と散り、
まあたらしい暦のゆれる、破砕のまえの仮小屋で――
そのまま轍《わだち》に杖を取られて
もう戻れずとも構わない――刻々を哭く老女の声を、響かせている街道を
（ヒサカキ、斑雪《はだれ》）
捜しあぐねて快楽《けらく》へ黄泉からさかのぼり
どのような風の下でも、放埒にただ舞い散る実
「撓り橋」へ向かう土手から、おぼろげに見る廃川の
一羽、二羽、小鷺も眠り
（スズカケノキ）
立ち止まり
踏み入るたびに枝分かれする脇道という想念に
囚われたまま、視野をのがれて
息も見せずに歩き続け、不明瞭な葉脈に、爪先から迷い込んで
きっと誰かの

投擲された仮面のような来迎図
三つに裂いて、六つの裏面の
それぞれにまだ「貌」があり――
（弾むんでしょう）

こうして河原に、ひとり、坐っていられるのも
背をどこまでも温《ぬく》い片手で、濡らされたまま尽きるのも――
廃川の底、まだうっすらと水面の光る黒土を、反芻しても
日付どおりに鈴懸の木を辿れない
そんな午後まで戻りかけて、かつて在ったものらの声と
ばらまかれた地中の種を刻々に目で追いながら
川とも別れ
亡者としてのみずからの結節点を
月へ放って、昏い位相へ想念から束ねてゆくと――

気配から、だいぶ遅れて
（きささげの音）
鳥影がやってくる

静かな使者

みぞれの音階を弾《はじ》くような、仄暗い土地の名も
痩せ地を割って流れる川の
名前も、水鳥が攫っていった

橋を、吐息から渡りきり
それゆえの裂傷を、疼くゆび
翳せば、暦を捲ったはずの、右手が今朝は、月よりも遠い
捩れた雨や、枯れ色の草
山側にだけ、こぼれる花
わたしも濡れずに、この土でなら、まみれて灰ごと腐敗できる——

そんな終わりが始まりかける、けれども
曖昧な坂を踏み、取り壊された水屋の向こう
崖にも、雨脚が打っていて
訪う土地は、訪うたびに、何かの跡地になっていた

始発駅まで続く暗渠の、澱みを覆う板も朽ち
ふれたい指がもうないことの、とぎれとぎれの悔恨と、道への情念
鉄砲坂に、冬蔦の這う垣はなく
真夜中、木張りの高天井から
背景もなく剝きだした、うねる木目のまばたきも
生家も、どこにも捜せなかった

山茶花も枯れ、いまはビルの、窓に冷たくよぎるだけの
わたしに兆す間接光と、根雪の、淋しい崩れ方
集積所の裏手に立てば、かつての井戸は、地所となり
アタッシュケースのジュラルミンに

灯りが、眩しく散らかって
オノマ、と響くビルの名が、背後でしきりに呼ばれていた
始まりの、場所など何処にも、ないことを知りながら
存在に、先立つひかりに、砕かれたい
とただ願った。坂にも、山にも支えきれない、泥濘むばかりの
昏い跡地の、地の下にまで流れる川の
すがれた、蒼い音のなかで――

白昼の、アスファルトを、横切ってゆくキセキレイ
束の間、天から降り立った、静かな使者としか思えぬ鳥の
翼が、越えてきた断崖が
この亀裂から、また呼び出され
いま在るここが、この一点が、わたしの土、と思い做して
折り返された翼の跡を、空地の
片隅でたどってゆく

野姿

夜を、あらかじめ眠ろうと、揃えたかかとから床《とこ》に着き、時間に先だって
顕れる六月の、そのひとの枕辺の、青畳にわたしも居た

梅雨じめりの縁先なのに、滲んだ板目から風が立ち、明かり取りの障子の
むこう、残像のような檜葉が揺れ、汐入池と車道に面した、離れのひと間の
前庭に、ことさらな香りを立てて、ひらいた百合も植わっている。すべてが
現存として在りながら、時間を少しずつ欠いている、そんな気配に包まれた
まま、誰かに、忘却をあやつられ、雲間に渡りの針路をはずれた、カモメが
真っ白な影を曳き――

太陽と、入れ違いに生まれ落ちる獣たち。まぼろしには出来ない仕方で、彼らも、此処へやって来て――はぐれた、青い、あそこの船も、水の外だよ――教えていた。滅息の者らを遠く、呼び入れている空舟が、水街から水街へ、きょうはじめての跡を曳き、散乱された雨滴が闇を、点《スイミオ》となってやって来る。その舟影を、わたしもいつか、見たことがある、そう思えた。しかもそれを美しいと、何度も瞳に入れたいと

追想の、巡りの果てに呼びだされた海鳴りと、北から響く、港をはなれた渡航者たちの返し唄。〝思うこと〟が、〝見ているもの〟を、烈しく揺さぶってしまうから、眠りのなかで出会うあなたは、決まって、幾らか、わたしを帯び、触れればたしかに生きているのに、少しも、息をしていない。その青ざめた静寂に、慣れる瞳を持てないまま、面影となる寸前の、わたしは、あたらしい船を待ち――

どの天体と、どの天体の、板挟みになっているのか。引力とはべつの何かが、星座の均衡を攪乱し、覚醒という希望の絶たれた、往路ばかりが地表を

這い、そこへの滅却を求めてやまない、野生の情動のやるせなさ。眠りのなかに、名ごりのように取り残されたあなたの指が、離れの窓の、わたしがまだ、知らない姫沙羅の幹をさす。汐入池から、百合の混じった水の香りを手繰り寄せ、瞬間、以上の素早さで、飛び立つ囀りを聴きながら

　そのとき、わたしの縁を濡らして想起されるあなたの声は、わたしには、この樹を満たす、ひかりのように思われる

櫟沢

あなたに見せたい道がある
便りにはそうあった
櫟沢と里の境を　矢ヶ瀬へくだる街道で
まみずを啜れば　鼓膜にもう
涼しい川音がたちのぼり
（歩くための道ではなく、見るための道もあるのだ）
月のかたちに枝を撓めた
ヤマハゼの木の繁みの奥の　道に
左右から抱きとられ
遠退いてゆく背中がみえる

ほんとうに旅した記憶が　わたしに一つもなかったので
道への時間を旅と名づけて
溜り池の縁に立ち
夕陽に　何度も射し込まれては　人里へ
また戻りかけ
（そのとき、わたしを離れていった、翼は、まぶしい鳥影は………）
踏み出すたび　押し寄せてくる青澄峠の残像の
昏い深みに　わたしだけへ
見ひらかれた瞳があって
沢音からはじまっている　道が　瞳をさえぎる場所で
ほろびのあとの　真水がたてる
傾きの音を聴きながら

もう長くはない人との　体温だけで交わす握手も
握手の前　指をかすめる

一瞬のやるせなさも
櫟沢と里の境の透きとおった影の中へ　預けてあなたは
道によって生を享けた人のように
夕暮れのうしろに立つ
光の奪回がはじまるのだ

孤影

跡が消された跡、のような、道筋をたどり終え
箱より軽い部屋の闇へ
みずからを消し、風を通した
部屋と世界が、触れあえぬまま重なるときの、余剰部分
そこで、外皮から朽ちるとして、最後に
わたくしに、何がひかるか

待たれたことなど一度もなかった背中へ、静かに差し掛けられる、涼しいドーム
白昼の傘。その先に建つ送電塔
張り渡された声の束の、すべての、光の、神経がはりつめて

――此処にも、居たことがないのです

――陽射しが、硝子を、折れていました

この世へ、落剝されまいと、張り詰めている真円の、月のように

誰かへ向かって、この身をしんしんと注ぎたい

*

工場アパート

海に沿った南行車線を
夜通しトラックで運ばれて
真夏の京浜道路の上を、横切ってゆく鋼鉄パイプ

稼働される重機の前で、いま無秩序に振れていた、乱雑な針
電動タッパの、鼓膜を揺さぶる回転音が
切削機の音と混じって、激しく光沢を打ってゆく

トタン張りの工具置き場に立て掛けてある廃材だの、雨ざらしのまま打ち棄てられた鋳造用の木型だの、外階段の踊り場にまで積み上げられた金網だのを、眺めながら、運河のそばの工場街を歩いてい

た。遠近法、そんな紛いを、景色は、ことごとく逃れ出て――俯瞰する汗。ライトバンの、荷台に
煌めくスクラップ。湾岸線と羽田線《モノレール》を、同時に瞳に走らせながら、護岸を離れ、いまさら訪ねた父の
工場はすでに無く、「テクノFRONT 森ヶ崎」――すれ違った職工さんに、教えられた新築ビル
のエントランスに吸い込まれ――

ここにも、真夏と張り合うような、熱度のなかの研磨音
銅線の束。一斗缶と、絡まり合った屑鉄が
積載量6000キロの三枚扉のエレベーターから
フォークリフトで搬入される「部材」と並置されながら――

地上の波動を逸れた微音で、感覚されるノイズの中、覗き込むたび
熱気を帯びた金属臭が鼻を突き、かつてのバルブ工場の
跡地は、市営の雑居ビルで、工場アパート！　大森エリアの「町工場」の群体が――

砕けば、いくらでも脆くなり、この世のどんな、隙間にも入る――そんな異体と化したメタルが、
加工機さえもくぐり抜け、バルブによって制禦され、減圧された流体が、破局をはらんだL状パイプ

を、かぼそい生命に繋いでいた。電子音と破砕音が交互に響くユニットから、行き先のない箱を積み出し、朝焼けをまだ追いながら――

「立体倉庫と工作機械の一部が破損したものの
三月末にはほぼ正常の、出荷業務を再開しました」
初夏に届いた社内報には、福島工場の記事があり、発電所のプラント向けの
バルブを設計していた頃の、仕事の話を
父から一度も聞いたことはなかったが、仕事部屋の机にあった薄手の製品カタログの
虚ろを抱えた金属の、意匠はぼんやりと思い出す
それが、配管部材としての、名を持つことさえ知らぬまま――

「工場アパート」の一角にある、小さな草原を感じるような、中庭へ出て、羽田をいま、発ったばかりの翼を仰ぎ、不意打ちのような空に眩んで遠い海辺の工場の、「生産ライン」をまぶたに浮かべ、聳える「立体」へまぎれ込み――最後に立つ者の形相で、窓枠を払ったあとに、残される海。光の中の、小さな惑星が鳴動し、烈しい流体の変動が、バルブのフランジを震わせて、世界が、まだ、完全に、崩れていないことを告げる、鮮紅色の点滅が、プラントの夜をささえていた――真夜中、父

の日記のなかを、流れはじめる廃油の臭い。音もないのに、その手はなぜ、「負荷率」ばかりを書き
込むのか――

あなたの生涯の痕跡に、この街に来て触れようと
戦前までは二業地だった「森ヶ崎」の鉱泉跡や
芸妓屋があったとおぼしい裏手の路地を、歩きながら、三十年間
運河を見下ろす社屋で、此処で、生きたのだと
アスベスト工場の、隣で、バルブを組み立てていたのだと――

その反復が、悲しいのではない
わたくしが悲しいのだ

白壁

空間が、麻痺するほどの、叫びを
白壁に吸いとられ、揮発する舌。襷掛けの、正座に縛られて放つ息
紋八端の、座布団へ、剝製にされた呪詛だけが
黒目の両眼をみひらきながら、いつまでも膝を折り――

〈川之石や、今治でも、夜っぴて紡ぐ、職工を駆りあつめ〉
〈海を越えて、百名ほどの、朝鮮女工を連れかえり〉

曾祖父の、指揮する社屋は、蒼く西窓に海を入れ
駆り立てられた息の音にも、痣にも、日録はふれなかった

狂信的な貨幣によって、歯止めを失った身体の、止血を拒んだ手足にひらく
倒錯でしかない痣模様
社史の掉尾で断たれた年譜に、女工の「生涯」は見あたらず

あの頃なした罪業の、それへの処罰、そうつぶやいて
晩年は、葉巻もやめて、酒にも濡らさぬ唇だった
白壁よりも純粋な、一《いっ》なる空間を夢想して
そこに、精神がゆきわたるまで、正座へおのれを封じ込めて――

女工とともに床に並ぶ、注油のあとの精紡機
それが、労働であることに、気づいてはならぬ時間なのだ

首都

部屋から生まれた音楽なのに、残響はまだ、遠いままだ。金だらいを、雫が数滴、間遠にたたく硬い音。まばたきしても、水源は、視界のどこにも捜せない。
洗礼名は、セシリアだった。はげしく音楽を生きた聖女。殉教の、剣の下でも、ホザナを唇は唄っていた。

塔が、塔の影と混ざり、塔でも影でもなくなるときの、淡い、一瞬の空白から、遠望される彼女の火。誰かが還ってゆくたびに、光り始める土の上へ、ジュラルミンの破片のような、翼の影が墜ちてくる。それが、鋳割れた街だとしても、あなたが生まれた土があるなら、そこに、かすかな声がするなら、故郷、と呼んでもかまわない。この世のふちに浮かぶ小島の、一度は滅んだ首都であっても……。

「わたしの田舎はどこにあるの」夏になるたび、わたしは訊く。「東京よ」「東京ってどこ？　神さまもそこにいるの？」。原っぱから生まれた子供の、瞳が、大人になれないように、わたしの田舎は、首都のどこかで、いつまでも霧のまま、路面電車が消えたあとも、わたしを、呼び入れはしなかった。ここにあるのに、ここにないこと、そのことを生きる土が、灰から生まれた霧の街の、日暮れの音楽をささえていた。膝小僧を地べたに置いて、軍服で立つ街路の人の、アコーデオンの蛇腹が大きく、夕陽の中でひらかれて、白金行きの路線バスの、窓へも呼吸がほのかに透けて、鉄砲坂を、本を抱えた背中が、ゆっくり登ってゆく。

「ディパスカさんはね、タイプも打たずに、珈琲ばっかり飲んでるの」。四ッ谷のエンデルレ書店に勤めた三年間の想い出を、母はいつも、宝物を並べるみたいに語ってみせた。琥珀の文鎮。レミントンを、ばらばらの指で叩く音。オレンジだけでランチを済ます、恰幅のいい若社長。トロリー・バスに揺すられながら、母が眺めた街路樹を、まだ焼け跡の臭いの残る、真っ青な夏空を、これから伸びる赤い塔を、わたしはありありと想い出す。東京が、在るものでなく、想い出すものになったとき、そこに、わたしは、居るだろうか……そんな、訝りを抱きながら。

霧の中のディパスカさんや、街の凹凸をなぞる坂が、少しずつ、母の外へ、歳月とともに移行して、母にも、誰にも入り込めない、空白の部屋へ去ったとき、わたしは、納戸に束ねてあった、古い革装アルバムの、そこに写っているものよりも、写っていないものの影へ、時間を掘り起こすようにして、耳を傾ける者となった。サーキュラー・スカートを、広げてソファーに座る少女。花嫁に、拍手を送る、エンデルレ氏と同僚たち。モノクロームの、どの光景の、証人にもなれないまま、わたしは、写真の表面だけを、横切る瞳にすぎなかったが、一葉一葉の瞬間を、自分の空白に写し取り、もう一度、小さな声で、言葉にし直すことはできた。昭和のはじめ、首都東京の、坂の途中で生まれ落ちた、女の、ささやかな断片を、他人のように遠い声を、失われた電車の音を、ベッドで静かに、母は聞いた。いや、ほんとうは、聞いていたのは、わたしだけかもしれなかった。母はすでに、一番深い眠りの近くにいたのだから。

「洗礼名は?」「セシリアです」ほどなく、わたしは告げるだろう。白いリネンに横たえられた、冷たいひたいへ十字を切り、芳しい油をさずけ、司祭は祈りを閉じるだろう。どの街並みの地層からも、静かに湧いているはずの、泉の底へ、一人ひとり、雨粒のように吸い込まれ、ディパスカさんも、街路の人も、もう誰ひとり、首都にはいない。

　乾ききった唇を、潤すように名前を呼ぶと、雫がはじけ、肺の奥から、束の間、あたたかい霧が立った。

写真帖

眠りごと、持ってゆかれて
苛むばかりの、赤い針だ

暗がりを打つ鼓動音に、鮮やいでゆく遠い夏の、浅間丸の
船尾にはためく日章旗に、見下ろされ
肩揚げの着物を端折って、泣き顔のまま
甲板に、しゃがむ少女の、哀しみの源流に、母よ
私も、居たのではなかったか

生家が真昼、炎に呑まれ、煤けた梁だけになったとき、二階の窓から

庭へほうって、ようやく持ち出した一冊に
暗褐色の人影として、静かに収まり
色褪せながら、飯櫃もない、小暗い厨の、誰の
滅びの、まえぶれであったろう
迎えるための戸口で断たれた、半身から、また尾がうまれ
写真に、撮してはならない指が、真夜中
剝がされた鍵盤を打ってゆく

誰かに、写真機で覗かれているときの、視線の遣り場を、空に定め
(そこから、慟哭が、聞こえるのだ)
加速する針。私は、瞳を、ただ背後から
見ひらくだけの、あなたへ、どの旗も手渡せず
眠りに、いっときも戻れない

葉域

枝積みの音
その先にまだ、三叉路のある別れ道から
――道連れと手を切ったろう、跨いで真水もかぶったろう

遠回りして、旧道沿いに、狩り場へ戻って歌碑も過ぎ、この身を、川面へ繋げるための、交点となる橋に来て――そこに、母が、居るというのに。見えない父も、居るというのに――境目ですか？　弾けて水へ、枯れ実が、静かにこぼれていった。

狂いとは、だがよほど哀しい、星座のかたちの乱れのような
開封されない巣箱のような、痛みを孕んだ生滅苦

朝、スコップの、ひんやりとした土へ
差し込む尖端が、まだ誰ひとり、拝んでいない、小さな氏神を掬いとる
戻しかけて、そのまま抱《いだ》いて、土にしたたか汚されあって
蜜が兆せば、祈りも籠めずに冥府にまで疼く血を

誰として、いま、啜ったか。どの名で、何処で、生を遂げたか――晩年、父が、記憶に
少しも、接続できずに苦しんだのも、忘却ではなく、すべての未知が、既知に変ずる混濁
も、あれも、ひとつの乱脈として、刻み込まれた受苦だったのか。「モウ、サンドメダ」
「サッキ、キイタヨ」、既視感という飽和のなかで、四隅のすべてに自分を立たせた部屋の、
鍵穴を覗き込み――。

払い除けても、視界の隅から、消え去らない破片があって
風景ではないみずうみの、一部のように、鈍く光る
揺れない水面《みなも》。この世でいちども出会えなかった人たちと、すれ違う窓
二つの硝子が、悔恨のように濡れてくる――

防風林。単行列車の、幻にしか見えない青の
どの一輛でも渡りきれない、日暮れのなかの陸橋と
夜を、そこから、抜けようとする、誰かの視線の、面影に絡まって
押し寄せる草。眠りの外は、いつも
瞼に、複数あって――どの夕空へ身をまかせよう
きょうは、菱原であなたと降りた

　そうして川を、息の底から、眩しく、完全に見るための
　あらたな忘却を遮るための、視力さえ、目に持てぬまま――

手を伸ばせば灰のある、静かなひと日も遠ざかり
わたしが一度も、この水辺から走らせなかった人影が、その人の目で
背後から、覗き込まれる気配があり
鳥の、獣の、思いの底に吸われてしまった光景が、あなたの既知から抜け出して
ふたたび、此処に、立っていた――

一度は、なだめた錯乱を、道連れとして身に許し、旅というより、通過にすぎない、独りの風音に逆らって、濁流を刺す枝の先から、また爆ぜてゆく赤い実の、亀裂が、巨木のような不動へ、烈しく鼓動をふれるとき、枝を取り巻く葉むらの奥に、神とは別の領域を、わくら葉だけが祭られている、小さな祠《ほこら》を、わたしは見た。

鎮灰

ようやく、灰に、辿り着いた
傾けられた炎の向こう

素性のわからぬ壺の底の、夜を疼いて果てている、その堆積が
一粒のこらず、灰が、消滅であるならば――

かぼそい視線で、沖を見やって、祈りの角度で立つひとの
唇から、いま生まれたばかりの
傷として、また呼び出され
いさり火に透け、もう背後から、求めるしかない遠い肌の、裂け目に

始まりが覗いていた。終局のないその洞《うろ》を

映すばかりの、壺の置かれた、部屋は、四隅が、ひんやりと脈打って
湖面のような静まりが、暦の静まりとまじわった
そこに、ひかりが、生まれるとき
消え入る等量の闇を追い、影が、影と、そむきあって、灰の沈黙に立ち尽くす
泥土から、夜ごと目覚めて、揺れあう、慟哭の肩として――

それは、死の、痕跡なのか、それとも生の？　声も、揺れ

透きとおった俤が、灰の、すみずみを潤して
眠られなかった夜が、遠くの、暦にしずかに溜まっていった

旅跡図

瞳ではない二つの空処が、山肌のどこかに在って
そこから流れる視線に、しずかに、歩行の足取りを見られていった

梔子色の紙筒からは、点描し終えた旅跡図
――不遜だろうか
他者《ひと》の歩行に、わたくしの身を添わすのは
あなたを、追認するための、藪蔭に手を伸ばすのは

三岳薬師を後ろ手に見て、森ではしるべも看過できず、仙境ヶ原を歩く背中が
緋沼のふちから呼ばれていた

風で柳が北へ流れて、瞳が、青磁に濡れる朝
あの薄雲を凌駕しながら、わたくしだけが見やる尾根の、挑むかわりに
聳える山の、聯関しあう高さがある
歩かずとも、ただ、思うだけでも——
ひかる名前を呼びながら

しばらくは身を霧へあずけて、わたしへ、ほのかに沿う道の
翳りによって引き寄せられた、この世の非命を嘆きあい
山頂からの、豪雨にしたたか、食い破られた蜘蛛の網《い》の、空窓に
まだ揺れている、絶え絶えの糸。黄泉の塵
灯りを、ひそませた音だった——
弛んだ鼻綱をからめ取り——
ふたたび、荒れ野へ駈け去ったのは、おまえではない、わたしのほうだ

呼び合うことで侵しあい、ひっそりと血を醒めてゆく、地の亡声が
そこからの火へ、恋情として封じられ

ひかりを、何度も奮い立たせて
その、沈黙を、とめて欲しい――
脚絆姿の流民たちが、喚《おら》びを、背後から引き延ばす
暮れ方、水辺の影を掬って、この手で、青いまま掻き寄せた、山塊のように
懐かしい、気流をのがれた凹凸に、触れようとして
探る斜面は、すでに、乱伐の余地もなく
ただ風圧の、殴打をこらえて、見晴らしのない塔が建ち

帰路にまぎれて、やがては霧に、立ち籠められる首塚に
まあたらしい日付を彫って、暦の、進行をはばむ指
黒い僧衣の麻を犯して、誰かが、わたしの黙視をまたぎ、木橋のはずれ
夜風が土管を吹き抜けてゆく音がする
夢に、濡れながら触れてきた――
じぶんの声だけ、聞こえなかった――
遮蔽のための掌で、最初の痛点も払おうと、盈ち虧けのない月のひかりに
射られた両腕が差し込まれ

切っ掛けだけに翻弄される旅の途上の昂揚と、路銀の代わりの
わずかばかりの荷物も、日ごとに身を離れ

すっぱりと、肉体だけの、旅人として立っていた
炉を満たす灰。障子の気配。仄めかされた透き間から
れんげ田のまま五月を越した、休耕田と、土蔵が見え
葉擦れのような、一語だった——
地名が、黙音が、ふるえていた——
それから、足場も背景も棄て、瞳と瞳をひらきあい
釣り船で夏、往き来しあった小さな緑の島影を、山からの気を浴びながら
汀をはなれた丘で見ていた
もう影として、黙《もだ》すしかない街の、木蔭の絵図をよけて

凪、と呼ばれる錯覚に、狂れまいとして果てている、かつての小舟
その去りぎわの、白波を打つ櫂を待ち
——一対の鈴。一対の音

炎を、まぬがれた空洞で
生き延びたまま、瞳が、いま、光源のように見ひらかれ
すでに、記憶ごと潰えたはずの、頭蓋の
裏側を照らしだす。その日から、身のかたわらに
消滅のための、白い箱――――
灰にも、肉体があるかのように、明け方、やわらかく指でふれた

空閑風景

風景のどこかで音がするたび、わたしの聴覚はすくみあがり
この世の存在がたてる響きの、ひとつひとつが骨髄をふるわせた
悲報のたえない産油国の、執行前の火刑のニュース
一度も内乱を知らぬ国の、収束を見ぬ擬似論争。それら、喧噪の文字の流れる光沢画面を折りたたみ
巨木の気配に包まれながら、はじまりの土を探っていった
発芽をゆるし、根をはびこらせ、腐臭もかかえ込む寛さによって
土の完璧な静寂が、日々侵されてゆく刻々を、わたしたちは脱皮と呼び、そこへ
みずからを煽り立て、挙げ句、劣形の灰に帰して、生体としての痕を絶つ
その繰り返しを、だが、生涯とも、喜劇《コメディー》ともいまは言うまい
空閑地から生まれた者には、ただ街だけが、灯火《ともしび》だから——

開封せよ、ひかりを介して運びこまれる朝を見よ！

希望を失わぬ懐疑主義者——人は、あなたをそう呼んだ。この世のすべてを疑いつつも
ニヒリズムとは馴れ合わず、孤独な眼球を見ひらきながら
死者の内側に立てる者。その高潔を、つらぬく狂気を、狂気とすら感じさせず
自由で、果敢で、やさしさ以上の言葉に、殊のほか鋭敏だった
いつかパレスが、市民のためのセントラル・パークになったなら——元コミュニストが語った夜の
あなたの静かな反駁を、空閑という一語とともに、わたしは、音もなく思い出す
パークというより空閑地。誰のものでもない空間
郷愁を欠いた原風景さえ、持ち合わせない背中のこと——

空へ、極限の高さを並べ、空間ばかりを積み上げながら
拡張してゆく、都市と呼ばれる際限のない欲動と、累積させてはならない汚濁の、侵蝕に
ただ身を晒し、わたしは、旅とは別の歩幅で、螺旋の勾配を辿っていった

流し込まれた空間からも、射し込んでくる可視光に
青い内部を寸断された、撤去のあとの連結具。砂丘を模したスロープの、明るい上昇に導かれ
絶望さえも手なずけられぬ愚かなわたしの身体は、すべての終わりを始めるための
漸近的な口火となり、やがては、移動と加速によって
ひとつの空間へ乗り上げる。酷薄な、その末路に対して、どれだけ切実になれるかが
ナビゲーションを断たれたあとの、往路で、激しく問われていた
まだ、充足を知らない部屋の、身悶えに似た揺れの果て
空間のまま消滅し去った、あの朝をまた呼ぶために――

電解質と塵の混じった、汚れた霧雨を遮って、風景のない窓に映った木製書棚へ手をのばし
書物《ブック》という名の書物のページを、あなたが静かにめぐる部屋から
決壊すれば、決壊するだけ、肥大化してゆく街は見えた
いかなる限界づけからも、解き放たれた意志のもと、空閑地の増殖が
憂慮の的として報じられ、高さの異なる電波塔の、光が、建築を俯瞰して
画像と化した空間へも、未完の影として横切った

はじまりの土は、その空隙に、むしろ確かに存在し、起源と土とを弁別すべく
光のペン先で指す虹の、さしあたってはその血の色に、殉ずるほかにすべはなかった
物理的な破壊なしには、消去不能なメガデータ
時報のように反復される、その改竄のただなかに、破局の日付を引き延ばしつつ投擲される空白を
わたしは、あなたの書物にならって、死、と呼ぶことも可能だった
オノマという名は、ただ神だけに、許されている名前だから――
書物《ブック》が記した一行さえも、すでに、記憶から遠ざかり

紛いもののマントルピースが、生家の、北向きの寝間にあり
追い込まれた部屋の四隅で、生き延びた火が揺れていた
炎を殺す――消すのではなく、いつも、殺すとあなたは言った
焦土が話題に上るたびに、引き寄せられる故郷《ふるさと》の、青草もない、眩しいような空漠を目に入れたまま
衰えた樹の、幹を揺すると、土へ、ばらばらと音が散り
空間だけが張りつめている、部屋の、白壁に立つ影が、希望の尖端を包み込み
名付けようとする声がした。空間が、壊滅すれば、わたしも風景も消えることに

気づかぬままに掘り起こされた、土壌に、はじめての雨が落ち
光線だけが乏しい街の、半ば朽ちかけた天涯に、押しのけられた満月の、眩しさだけが濡れていて

厭世でも、達観でもなく、非空間への嫌悪から
肉体以外の所有物を手放すことを欲しながら、その欲望さえ遂げられぬまま
脱皮の反復を生き続け、すなわち、卑小なフェティシズムへの、親炙と反目を繰り返し
欲望は、ただ逆説的な、外部へ移動しただけだった
統計によって呼び換えられた、新種の単位に測られながら、誰もが
迷妄と引きかえに、おのれの空間を癒やそうと
最後の鉄道旅行のためのアジテーションの先触れと、置き去りにした土を捜して
昂ぶる郷愁に呑まれていった。歩幅をゆるめ、決して空へは、羽搏くことのできない舌で
おのれを、存在たらしめている、名前の律動を脈打って――

たったひとつの唇を、根に持つことの限界を、追憶された他者の舌への

転位のすえの撞着を、言葉による知の滞留を
あなたは、誰よりも憂えていた。知識人の阿片にも、民衆の阿片にも溺れずに
二重の屈折を貫くことで、あなたはあなたを演じ続け
光沢画面で脈打っているモノクロームの臓器の中に、自らには起因されない、影が
巣くっていることを、告げ知らせる二文字の声を、空耳のように聞いていた
いつから、こんな異世界を、身に孕むことになったのか、そこに、はじまりの土はあるのか
空洞だけの場処なのか――聴き取ろうと構えるそばから
途切れはじめる光点の、肉感的な谺《エコー》のような、擬音が、いつまでも消え続け
残響よりも幽かなひびきで境界層に触れながら、衰弱が、はじまる前の
わたしの空所にも食い入った。かつて光を、痛みのなかで、産み落として果てたのち
空所は、静かな海のように、老いを迎えたはずだった
そこを、やさしく満たす言葉も、言葉が引き裂く空隙も――

それから、病巣を宥めるための、神話が、土木史と対置され
未踏のガイアに包摂された港湾都市の残映が、まあたらしい臨海ビルと、監視網の狭間から

見えない爆音を響かせながら、系譜の塔を伸ばしていった
イディオムだけを読みあげてゆく、夜明けのヴォイスレコーダー
言葉と種が分離し終えた、はじまりの土の積層へ、塔の、隠れた心臓部から
はかない拗音がばらまかれ、地中の沈黙に、弾かれながら、異域の音節と混ざりあう
爆音も去り、空閑地とも、海ともかかわりのない土の
そこにも、あなたは顕れず、わたしの空洞も響かない
俯瞰された最後の街の、中核部から声が湧き、呼び合いとして、交わされたのち
夏鳥が樹を去ってゆく
もう一度だけ、部屋を出ようと、ひとりの風景に入っていった

空《くう》閑《かん》風《ふう》景《けい》

著者
齋《さい》藤《とう》恵《え》美《み》子《こ》
発行者
小田久郎
発行所
株式会社　思潮社
〒一六二―〇八四二　東京都新宿区市谷砂土原町三―十五
電話〇三（三二六七）八一五三（営業）・八一四一（編集）
ＦＡＸ〇三（三二六七）八一四二
印刷所
創栄図書印刷株式会社
製本所
小高製本工業株式会社
発行日
二〇一六年十月十五日